AF371178

POËME

SUR LES ECRITS DES JESUITES.

CONTRE

LA NOUVELLE EDITION

DE S. AUGUSTIN.

<hr>

M. DC. XCIX.

POËME

SUR les Ecrits des Jésuites.

*CONTRE la nouvelle Edition de
S. Augustin.*

L'Eut-on jamais pensé ? les disciples d'Ignace
Cherissent à present le Docteur de la Grace,
Tout change, & dans ce jour par un heureux
On les voit feüilleter les œuvres d'Augustin.   (destin
Toi, qui plein de ce feu, que l'Esprit Saint allume,
Fis expirer l'erreur sous les traits de ta plume,
Grand Prelat, que l'Eglise honora de son choix,
Et dont, pour s'expliquer, elle emprunta la voix.
Aussi peu lû chez eux, que tu l'es à la Meque,
Tu pourissois au fonds d'une bibliotheque :
Tandis que Molina doré de toutes parts,
Venoit de son éclat ébloüir les regards,
Mais en cét heureux jour tiré de la poussiere,
Tu sors de ta prison, & revois la lumiere ;
Les soins les plus ardens succedent aux mépris ;
Et chacun d'eux s'empresse à lire tes Ecrits.
Que beni soit le Ciel, qui prévient de sa grace,
Des cœurs jadis si lents à marcher sur ta trace,
Et répandant sur eux une vive clarté,
Leur fait chercher un bien si long-temps rejetté.
Un si prompt changement, Seigneur, est ton ouvrage,
On verra donc enfin le calme aprés l'orage.
L'Eglise joüissant du fruit de tes bienfaits,
Verra couler ses jours dans une heureuse paix.

A.

La discorde aux crins noirs , & la tristesse amere ,
Ne viendront plus troubler cette commune mere ,
Ses enfans réunis suivront les mêmes loix ,
Et comme ils n'ont qu'un Dieu , n'auront plus qu'une voix.
Pour vous , dont le bonheur surpasse l'espérance ,
Chantez l'Hymne sacré de vôtre délivrance.
Et puisque le Seigneur vous désille les yeux ,
Marchez dans les sentiers où marchoient nos Ayeux.
Brûlez ces noirs Auteurs , pleins de tant d'impostures ,
Puisez la vérité dans des sources plus pures ;
Laissez-vous donc enfin toucher à ses appas ,
Et qu'échauffant vos cœurs , elle éclaire vos pas.
Mais que dis-je ? où m'emporte une erreur insensée ?
Qu'un si noble projet est loin de leur pensée.
Les disciples jaloux du brave Loyola ,
N'ont pas poussé si loin , pour en demeurer là.
Une severe loy leur défend de se taire ,
S'ils n'ont sous leurs drapeaux rangé toute la terre.
Au prix des Escobars les plus fameux, Docteurs ,
N'étoient jadis chez eux que de maigres Auteurs.
Augustin dont le nom comprend seul un éloge
En matiere de Grace étoit un Allobroge.
Molina , disoient-ils , que le Ciel a conduit ,
Seul de ce haut mystere a sçû percer la nuit.
Et voici qu'en ce jour tout prend une autre face ,
Ces deux Maîtres Sçavans sont d'accord sur la Grace.
Pourquoi tant disputer sur trois mots de latin ?
Ouvrez , vous disent-ils , les Livres d'Augustin.
La Grace suffisante y brille à chaque page.
Frotez un peu vos yeux ; & lisez ce passage ,
Où dans toute sa pompe on commence à la voir ,
Veux-tu perseverer ; tu n'as qu'à le vouloir.
Que peut répondre Arnauld ? il faut qu'il le confesse ,
Un argument si fort le fatigue & le presse.
Et les Benedictins voudront que sur leur foy ,
Je démente mes yeux de tout ce que je voy ,

Le sçavant Lessus verser le sang d'un homme,
Pour venger son honneur, & ravoir une pomme,
Le Moine, tarissant la source de nos pleurs,
Conduire en Paradis par des chemins de fleurs.
Bauni dans cette Somme en graces si feconde,
Oter d'un tour de main tous les pechez du monde.
Jean d'Alba, fustigé d'une étrange façon,
Pour avoir autrefois trop bien sû sa leçon.
Le valet, pour servir les amours de son Maître,
Avec luy sans scrupule enfoncer la fenêtre.
Un Moine à ses plaisirs salement attaché,
Se déguiser sans honte, & bien plus sans péché.
Ces pieux Directeurs, par de saintes adresses,
Excuser nos défauts, soûtenir nos foiblesses,
Et pleins de charité décharger en tout lieu
Les Chrétiens accablez du fardeau d'aimer Dieu.
Les J… allans, courans à la vengence,
D'un déluge d'écrits inondérent la France,
Et noircissans par tout la vertu de l'Auteur,
Luy prodiguoient les noms de fourbe, d'imposteur,
D'insensé, d'hypocrite & d'Asacramentaire.
L'Auteur sans s'étonner, répond, & les fait taire,
Car aprés tout enfin que répondre à des faits ?
  Quand Pascal, par sa mort laisse Escobar en paix
Tout le monde en gémit, la troupe Tricornique,
A qui pendant sa vie il avoit fait la nique,
Seule rit en secret des pleurs de l'univers.
Mais un Prophete enfin aprés quarante hyvers
S'élevant tout à coup du milieu de la France,
Rompt, pour troubler sa cendre un juste & long silence.
Son Livre plein d'orgüeil, sort des mains de l'Auteur,
Pour chercher son destin sous les yeux d'un lecteur,
Il paroit. Pour l'avoir chacun court, & s'empresse,
L'Imprimeur avec joye entend gemir sa presse.
Et pour répandre au loin son dangereux poison,
L'Auteur le fait porter de maison en maishn

Déja maint Escobar, que charme cét Ouvrage,
Vient aux piez du Prophete apporter son suffrage
Pascal dans le Tombeau plein d'une juste horreur,
Voit d'un œil de dépit triompher leur fureur
La verité qu'irrite un si lâche silence,
Semble de ses enfans condamner l'indolence.
Les J ... déja fiers d'un si beau succés,
Vont se venger sur nous, des maux qu'ils nous ont faits,
Qu'arrive-t-il enfin ! Un sçavant solitaire,
Caché jusqu'à ce jour dans un coin de la terre,
Fait entendre sa voix ; & la plume à la main.
Venge la verité, qu'il portoit en son sein.
Sous les traits redoublez qu'on luy lance sans cesse,
Le J ... effrayé sent gemir sa foiblesse ;
Et succombant enfin sous des coups si pesants
Desavouë Escobar, & tous ses partisans,
Heureux si dés ce jour son miserable livre
A l'affront de l'Auteur pouvoit ne pas survivre ;
Ou caché pour jamais aux yeux de l'univers,
Dans quelque coin poudreux étoit rongé des vers.
Un J ... s'est tû, faisons en taire un autre,
Mon honneur en dépend aussi bien que le vôtre.
  Le Testament de Mons vit à peine le jour
Qu'un grand trouble s'excite à la Ville, à la Cour,
D'un celebre Docteur cet excellent Ouvrage
Se vit presque en naissant à deux doigts du naufrage.
Mille persecuteurs s'élevent contre luy,
Et la verité seule étoit tout son appuy.
On a beau le proscrire en vingt endroits de France
Sous ce nom si terrible orgueilleux il s'avance,
Il sçait plaire & par tout carressé des lecteurs,
A pour un ennemy dix mille admirateurs.
C'est en vain que Maimbourg luy déclare la guerre,
Et comme un possedé s'agite dans sa chaire,
Ces accés vehemens d'un homme audacieux,
Ne sont bons qu'à tromper ceux qui n'ont que des yeux.

Tel est le fier discours d'un J... en colere,
Qui proscrit un travail qui n'a pas sçû lui plaire.
C'est à toi de parler, sçavant Bénédictin, (*le P. Blampain.*)
Et de combattre ici pour ton S. Augustin.
Les J... déja pleins d'une fiere audace
Te damnent hautement, si tu n'admets leur Grace.
Hé, laissez-les pousser tant de superbes cris.
Que peuvent contre moy leurs malheureux écrits ?
Pour voir dans Augustin tant de fades sornettes,
Il m'eût fallu chez eux emprunter des lunettes.
Pensent-ils qu'ici bas ils sont assés puissans
Pour nous faire avec eux renoncer au bon sens ?
Et qu'ayant autrefois fait Arnauld Janseniste,
Ils pourront faire encore Augustin Moliniste ?
Ils allieront plûtôt le jour avec la nuit.
   Mais pourquoy ces Messieurs font-ils donc tant de bruit ?
Un Recteur, m'a-t-on dit, prés des bords de la Seine,
Le premier sur ton livre a distilé sa haine :
Et par un attentat à nul autre pareil,
N'a pas craint de mentir sous les yeux du soleil.
De quoy se mêloit-il ? Quelle jalouse rage
Lui fit verser son fiel sur un si bel Ouvrage ?
Que tout iroit bien mieux, si personne icy bas,
Ne se mêloit jamais de ce qu'il ne sçait pas.
Sans nous parler ici d'Augustin ni de Grace,
Que n'alloit-il au loin errer sur le Parnasse.
Et quittant pour jamais ce bizare dessein,
Critiquer à loisir Aristote & Caussin ?
Sur les pas éclatans de ce jeune Novice
Un Allemand bâtard, mais véritable Suisse,
Par un amas confus de faux raisonnemens
S'efforce de prouver ses vieux entêtemens.
Un autre, comme lui, se parant d'un vain titre,
Prend, pour vous éblouïr, & la Crosse & la Mitre ;
Et changeant sottement sa robe en habit court,
D'un J... crasseux fait un Abbé de Cour.

Un quatriéme enfin marchant sur leurs brisées,
Vient nous entretenir de cent bilevesées :
Et caché sous le froc d'un vieux Bénédictin,
Fait la guerre en Tartuffe aux enfans d'Augustin.
Mais que doit-on penser de cét affreux mystére ?
L'un dit qu'il faut parler, l'autre qu'il faut se taire.
Tous pourtant de concert tendent droit à leurs fins,
Et vont au même but par differents chemins.
A nous parler ainsi quel espoir les engage ?
La simple *Vérité* n'eut jamais qu'un langage.
Le *Mensonge* craintif suit toûjours d'autres loix ;
Et change à tout moment d'habit comme de voix.
Pour moy, qui vieux barbon, dois beaucoup à mon âge,
Je sçais d'un imposteur démasquer le visage,
Et la lampe à la main, parmi l'obscurité,
Jusqu'au fonds de son cœur chercher la vérité.
Sçavans Bénédictins gardez-vous de vous taire.
C'est d'un ami fidéle un avis salutaire.
Ces Corbeaux, direz-vous, auront beau croasser,
Tous leurs cris impuissans ne sçauroient vous blesser.
Il est vray ; mais enfin leur superbe insolence,
Va triompher d'abord de ce profond silence ;
Ils diront en raillant que pris comme au lacet
Leurs ennemis honteux ont gardé le Tacet.
Ne négligez donc point un avis qui vous touche,
Dés que pour leur parler, vous ouvrirez la bouche,
Vous les verrez bien-tôt mettre pavillon bas ;
Et je réponds pour eux, qu'ils ne répondront pas,
Parlez donc. Vôtre gloire est trop interressée,
Et je vais par des faits vous prouver ma pensée.
　　Quand Pascal, si vanté parmi les beaux Esprits,
De mille traits plaisants égayoit ses écrits :
Qu'on y voyoit Barri si devot à Marie,
Ouvrir avec cent clefs le Ciel à Philagie,
Le bon Pere Escobar, par un art tout divin
Ne point noyer son jeûne en dix verres de vin.

On écrit, il se tait. D'autres moins pleins de bile ;
Ne vont pas contre luy prêcher de ville en ville ;
Mais flatant le public, qu'ils en vont mettre au jour
Un plus conforme au texte, & plus beau pour le tour ;
Chacun en attendant se nourrit d'esperance,
B... ce beau diseur, si connu dans la France,
Qui dans ses entretiens pleins de tant d'enjoüemens
Sût si bien attraper le stile des Romans,
En traduisant dit-on, cet auguste volume,
Voulut sur ses vieux jours santifier sa plume.
L'Ouvrage est achevé, mais un fameux lecteur
Le retient tout tremblant dans le sein de l'Auteur.
Arnauld respire encore, & ce nom seul l'arrête,
Cet enfant mal formé n'ose lever la tête ;
Mais dés le jour fatal, qu'au pié de son Autel
La mort abat Arnauld sous son couteau mortel
Il brave des censeurs la severe critique.
Le Libraire éfronté l'étale en sa boutique.
Tout Paris vit alors, non sans étonnement,
Que l'Auteur avoit lû son nouveau Testament ;
Et que par un prodige encore plus incroyable,
Jesus-Christ fut jadis emporté par le Diable.
Ce coup sembloit fatal aux Traducteurs de Mons,
Mais des cendres d'Arnauld naissent mille Simons,
Qui d'un œil attentif relisant chaque page,
Découvrent les erreurs, dont fourmilloit l'Ouvrage.
Pour venger en ce jour leur meilleur écrivain,
Un seul a-t-il depuis pris la plume à la main ?
Ils ne le feront pas, je connois ces bons Peres,
Qui pour être devots n'en sont pas plus sinceres,
Qui ne sçait que chez eux tout homme en certains cas,
Peut mentir net tout haut, en disant vrai tout bas.
Ils n'ont point, croyez-moy, de pareils sur la terre,
Ils vont sur un fétu vous déclarer la guerre.
Semble-t on reculer, ils vous suivent de prés,
Mais dés qu'on veut se battre, ils demandent la paix.

L. D. P. B. D. B. P.